KB194366

Kim Hyo-Joong

시인 김효중

침묵의 돌이 천년을 노래한다

김효중 시집

침묵의 돌이 천년을 노래한다

시학
Poetics

　원래 무교 집안에서 성장한 나는 삼십 대 초반에 가톨릭에 입문하였다. 흐른 세월에 비하여 나의 믿음의 깊이는 아주 미약하지만 근래 접어들어 시로써 하느님을 찬미하면서 한 발짝 한 발짝 신앙의 깊이에 빠져들고 싶어진다. 그런데, 구도적求道的 깊이와 넓이에 이르는 길은 너무 멀고 신앙信仰과 예술藝術의 합일合一은 더욱 쉽지 않음을 절감한다. 자칫 문학적 형상화 작업이 종교적 도그마에 빠질 수 있기 때문에 더욱더 조심스럽다.

　한편, 시를 쓰면서 혈기 왕성하던 시기에 수학여행을 하듯이 종횡무진 동·서양을 달리던 시절을 자주 떠올려 보며 아직도가 보지 못한 미지未知의 세계에 대한 호기심은 나를 설레게 한다. 그래서 시간의 굴레에서 벗어나 가벼운 마음으로 훌쩍 떠나 새로운 문화와 풍습을 익히고 배울 기회를 자주 갖는다. 목적지에 이르기까지 여로旅路에서 보고 느끼는 것은 또 얼마나 많은지, 평생을 배워도 배움은 끝이 없을 것 같다.

　여기에 모은 시편은 이와 같은 나의 삶의 궤적을 그린 것이다. 첫 시집부터 맑고 고운 우리말을 다듬어 쓰고자 하는 초심初心을 잃지 않았다. 작고 보잘것없는 미물微物이나 늘 정직하게 다가오는 대자연을 바라보면서 그 대상에 어울리는 이미지로 형상화하기에 온힘을 기울여 왔다. 부끄럽기 짝이 없지만 사랑하는 이웃과 더불어 시정詩情을 함께 나누고 싶은 소박한 의도에서 이번에 제3시집을 세상에 내놓는다.

2012년 9월
김효중

차 례

제2부

제3부

제4부

제1부

시는

무한 아름슬픔 읊저리는
영혼의 선율이라네

꽃 진 후

꽃 진 후
또 한 생애
잎삭 더욱 고와라

행복은

남이 보일 때 찾아온다네
참나 사랑하면 남이 보이고

차 한잔

주고받는 무심무심無心無心
영혼의 물무지개 피우는

차는
마음으로 마신다네

찻잔

찻잔 속에 우주도
담을 수 있지만

사람 마음은
담을 수 없다네

은혜는 돌 위에 새긴다네

중생은
원한을 돌 위에 새기고
은혜를 흐르는 물 위에 쓴다지만

보살은
원한을 흐르는 물 위에 쓰고
은혜를 돌 위에 새긴다네

오늘은

스님들 수지공양手指供養하고
성현들 각고정려刻苦精勵하는데

중생들 명품 얼굴 만들려고 턱 깎고
명품 가방 매려고 참가방 찢는다
어듸바루 성형심과成形心科 없는가

남을 볼 때는

나를 볼 때는 돋보기를 쓰고
남을 볼 때는 알 없는 안경을 쓰고

백년해로百年偕老하려면

골동품 애호가가 되어야 한다네

귀는 닫는다네

내 집 곳간 그득하면
입은 열고 귀는 닫는다네

마음만 비우면 · 1

소금은 자신을 녹여야 맛을 내고
초는 몸을 태워서 빛을 내지만
사람은 마음만 비우면 무릉도원이라네

마음만 비우면 · 2

가진 것은 없어도 마음만 비우면
날마다 풍양한 한가위라네

돌부처 감기 든다

봄 오는 소리에 홍매화 잠 설치고
꽃샘추위에 돌부처 감기 든다

꽃은 피지만

사람 사이에는
화禍꽃이 핀다네

가을바람

가는 이
뒷모습 쓸쓸하다
썬득썬득 가을바람

고독할 때

내가 보인다

사랑만은

사람은
빈손으로 왔다가
빈손으로 간다지만
사랑만은 가지고 간다네

삶가방 비우면

생명길 새옹지마塞翁之馬라지만

삶가방 비우면

은산철벽銀山鐵壁도 두렵지 않다네

마음문·1

닫히기는 쉬워도
열리기는 어렵다네

마음문 · 2

세상에서 가장 크고 작은 문은
마음의 문이리니

열리면 삼라만상森羅萬象도 품어 안지만
닫히면 겨자씨 한 톨
들어갈 틈도 없다네

효도란

부모님 마음귀 요량하여
소통하는 것이라네

베푼 것 없으니

불가에서는 한 번 성내면
이천칠백년 쌓은 공덕
일시에 무너진다고 하네

천만 번 성깔머리
부린들 어떠하랴
베푼 것 개뿔도 없으니

도사리

색바람결에 설피한
도사리 떨어지는 소리
다람쥐 쪽잠 설친다

참나

불잉그럭 여름 더위 가을 폭풍
겪지 않은 흐므진 과일 있던가

불잉글 지옥 얼음바늘 아픔 없이
참나 찾은 사람 보았는가

빨리빨리

모진 폭풍설 겪지 않고 핀 납월매 보았는가
급하다고 바늘허리 매어 쓸 수 있는가
조바슴은 정신적 활동에는 극약이라네

구두 한 켤레

닳고 모스러진
흰세월 어둡게 이끌고 오며
돌부리에 차이고 넘어지면서
세상을 향해 말없이 외친다

사바세계

— 유토피아는 no where가 아니라 now here!

신푸녕스러운 사바세계에

사는 인간은

참고 견디기 힘겨워

과거 미래에 집착한다네

여백餘白은 · 1

허공虛空을 삼키고도 남는다

여백餘白은 · 2

여직이 있어 여울친다

천국과 지옥

천국에서는 말로 주고 되로 받고
지옥에서는 되로 주고 말로 받는다네

고독과 몰입은

창조의 최고 스승이자 길나장이라네

지는잎은

창조주가 다시 태어남을 알리는
풋물로 쓴 야심찬한 편지라네

지는잎 부러워 마라 우리도
참나 찾으면 윤회 없는 꽃세월
몬뜰래기 긴 삶을 살 수 있다네

부부는

앙그러짐 없는 장미꽃이어라
삶의 향글음 진진하고
다순한 손길 건네는

매梅 · 난蘭 · 국菊 · 죽竹

납월매 가지 휘능청

쌓인 눈에 납월매 가지 무거워 휘능청
꽃망울 터뜨리는 소리에 돌담 무너져 내리고

난초 향 아슴아슴

툇마루에 난초 향
아슴아슴
진노을 살어둠에 빈 찻잔만 놓여 있네

가을서리 싹쓸바람

가을서리 싹쓸바람
상긋함 바래지 않고
꽃숭어리 정금빛 국화
호매론 선비 얼뿌리여라

무심無心의 무심無心

가느슥히 휘느니
꺾이는 기품
퉁소 소리는 하맑은
무심無心의 무심無心이라네

이순耳順

나이 예순을 깨뜨리고 나서
이순耳順 속으로 걸어 들어간다
아직도 먼 이야기라네

희디흰 연꽃은

물고기 비 맞을까 우산 펴고
소낙비 맞고 있네 부처님 마음

내리막길 · 오르막길

내리막길이 오르막길인 것은
대립과 상생의 조화라네

희망은

희망에서 움 피운다
절망의 끝이 아니고

절망은

희망으로 지도는 지름길일 뿐이다

마음눈 인연 따라

색안경 색깔 따라 세상이 달리 보이듯이
마음눈 인연 따라 세상은 달리 보인다네

벚꽃 핀 밤

창밖이 밝아
보름달 보러 나왔네
벚꽃 흐득하게 피고

인간은

자신이 아는 것만 믿는다네

매화꽃 피니

봄을 찾네

매화 가지 꺾어 서재에 들이니
봄이로구나 봄을 찾던 어리석음

봄나비 한 쌍

매화 가지 꺾이는 소리에 풋잠 깨어
창문 열어 보니 풋사랑 나누다 혼비고향
봄나비 한 쌍 꺼훌꺼훌 날아간다

매화 중의 매화는

납월매꽃 나빌레라
부처님 향글함 습배인

매화꽃니풀인지

흐드러진 매화꽃 매화 바람에 하르르 하르르
매화꽃니풀인지 조고마한 봄나비 떼인지

제2부

침묵의 돌이 천년을 노래한다
— 나의 예술 행위는 절대자에 대한 사랑과 아름다움,
찬미이다

영혼의 무도회장 스테인드글라스
빛뭉치 솟쳐 어둠살 부승기니
허공을 찢는 여백 비사치는 물무지개
침묵의 돌이 천년을 노래한다

여백은 전체를 전체는 부분을 모듬어
천상 내면의 몽근 세계를 빚어낸다
빛은 그 얼뿌리 하늘 땅에 크높으니
그 울림에 하느님의 손껼이 느껍다

오늘도 돌꽃 핀 성당 대리석 마당엔
성령의 불빛잔치 펼쳐지니
온갖 집착의 굴레 벗으려
순례자 발길은 멈추지 않는다

----

* 김인중 신부가 36개의 추상화 스테인드글라스를 설치한 프랑스 브리우드
Brioude 시의 생 쥘리앵 바실리크basilique Saint-Julien 성당.

십자가 예수님 상

우주를 들고도 남을 고통의 무게
하늘 땅 허정이고 아픔꽃 피보라 치는데
한센병 걸린 예수님 웃음꽃 피우네

고르로운 예수님 목각상 만들려고 한세상
피고름 썩은 몸 상한 살 헤집고 헤집어서
밝은 어둠 맑은 눈빛 총총 나뭇조각 쪼고 쪼아

예수님 상 완성하는 마지막 순간
십자가 예수님 몸에 한센병 도처오르고
희열에 온몸은 젖어 상처에서 삶꽃 피어나네

----

* 프랑스 브리우드Brioude 시의 생 쥘리앵 바실리크La basilique Saint-Julien의
나무 십자가는 한센병 환자인 조각가가 자신의 병을 낫게 해 달라는 간절한 기
도를 하면서 조각한 것으로서 그가 나무 십자가를 완성하는 순간 병이 말끔히
나으면서 동시에 십자가의 예수님께로 병이 옮아갔다고 함.

설악 에델바이스
— 사랑으로 일하면 기쁨이 마음에 들어와요

뼁대 돌틈사리 에델바이스 수지웁게 피어나고
산자드락에서 요들송 해종일 그치지 않는
고향 티롤 떠나 반백 년 깡마른 산골창에서

한센병 병동 수술실 긴급 상황 환자의
써금써금한 피고름 사랑웁게 입으로 빨아내며
목숨의 무게 덜어 주고 생명꽃 피우는
벽안의 한센인들 엄마 복녀

하느님 천사 간호사로 나토시어
국경 종교 이념 색깔 없는 햇빛살
오늘도 그곳에는 불꽃잔치 벌어지고
이방의 눈망울이 사랑의 속살 솟음친다

---

* 엠마 프라이싱거는 1932년 오스트리아 엡스 티롤에서 태어난 독실한 천주
교 신자로서 간호사 일을 해 오다가 29세에 2년 체류 계획으로 한국에 온 이후,
오스트리아, 독일 등 유럽 여러 나라 가톨릭 단체의 지원을 얻어 1965년 경북
칠곡에 가톨릭피부과병원을 설립하여 한센병 환우들의 몸과 마음을 치유하고
삶의 희망을 북돋우는 일에 평생을 헌신적으로 봉사해 왔다. 1996년 가톨릭피
부과병원장직을 퇴임하고 한센인 후원 단체인 릴리회 회장을 이어받아 한센
환우를 위한 사업을 계속해 오고 있는데 한센병 환자들은 그녀를 '엄마'라고
부르며 '복되는 여자'라는 의미를 띤 '배복녀'라는 한국 이름도 지어 주었다.
그녀는 한센병 환자들을 '나의 가족'이라 부른다.

하늘의 등불

한 줄기 햇빛 오락지 없는 음삼한 아우슈비츠
얼음아픔 칼바람에도 의초로운 콜베 신부님
성령의 불빛잔치 날 새는 줄 모르고
칠흑절벽 속에서 한 송이 장미꽃으로 피어올라라
처자 있는 촌부의 숨줄 이어 주시고
목숨꽃 피워 내어 하늘의 등불 밝히시니

아베마리아

내게로 오시네 내 친구 엥베르 신부
오선지 위 소랭한 칼바람 밟고서

성인의 관을 쓰신 조선의 순교자
매운터 꼬레에 눈물 씨앗 뿌리시니
가슴가슴 죽순으로 돋아나네

친구의 죽음 앞에 흘린 내 눈물 땅을 적시고
흐르는 강물 되어 어머니 바다로 향하니
나의 애시러운 발원 하맑은 아베마리아!

* 구노의 〈아베마리아〉: 조선에서 순교한 절친했던 친구 성 엥베르 주교에게
바친 성모송.

Agnus Dei

불타는 믿음과 기도의 꽃수레가
하늘마음을 실어 나른다

우주의 신비를
불빛잔치로 활활 태워
좁쌀마음창 열어 제치고

눈안개 걷혀 이웃을 바라보니
세상 끝까지 화엄꽃 피어난다

하느님이 밝히시는 하얀 길로
무한아름 진리의 바다에 이르니
영원 속의 섬광이 이토록 밝을 줄을

어둠 저편에서

츤츤한 어둠이 지구촌 곳곳에서
매바삐 세상을 끌고 간다
아무도 모르는 불구렁 속으로
목숨의 쇠사슬로 가동그리며

그분의 꽃마음 늘 향그럽지만
깊은 수렁창으로 빠져들기만 하는데
지옥 불꽃 속 어둠절벽에도
하늘골목 열려 있나니

어둠 속에 숨어 빛나는 날빛
덧잇는 세상 발핫케 살아남아
끝내 마르지 않는 은하바다만
꽃다발 빛다발로 나울쳐 온다

내 마음에 하늘길 열리고
— 주여, 당신의 피로 구원하신 백성을 거룩하게 하소서

빛다발은 어둠푸름 내몰고
시간이 영원의 악기를 켠다
이천여 년 십자가를 등에 지고 가는 순례자들
꽃웃음 꽃울음 피워 낸다
어린 나귀 탄 예수님 감람산 등서리에서
예루살렘 성안을 둘러보며 눈물눈물
슬픔의 길 적시며 간다

삼일 만에 성전을 다시 짓겠다는 예수님
가시면류관 쓰고 십자가 지고 오르는
오르막길 하늘길 열린다
길갈디마다 예수님의 피와 땀 눈물의 까치놀 일고
골고다 언덕배기 십자가에 매달려 흘리는
성혈의 파도기둥 예수님의 외침이 울려온다

   용서하라, 사랑하라!

시공 너머 온 우주에 침묵 우레 친다

생금빛 씨알 심구고

천년 불심佛心에서 나토신 정여울

칠백여 년 겹어둠 밝히시고

겨울바다 현해탄 밝혀 오셨네

산과 들 얼뿌리 어루시며

가슴정원에 생금빛 씨알 심구고

얼음눈물 흘리시며 슬픗 떠나오시네

맘하늘에 생금넝쿨 꽃다히 싹터 오르면

구름바다 건너오시어

이루어 주소서 화엄세상을!

---

* 수월관음도水月觀音圖 : 고려 후기 작품, 일본 센소사淺草寺 소장.

석상의 미소 피어나다

산드란 산마루 절벽 위에
검으야한 힌두교 사원
발걸음 멈추고 고개 숙인 나를 본다

머흐란 바위산을 천지사방
마뜩히 가즈려 신전 세우니
돌에서 생명의 새엄 부릇난다
거친 숨소리조차 끌과 망치로 뚫었을
옛 석공의 모스러진 손길 다슷하고나

시바신은 아내 신을 불안고
투술한 코끼리 상 그의 남근을 떠받치니
미투나상을 훔쳐보고 얼굴 붉히며 가는 처녀바람
돌아 나오는 바람 마른 햇살 튀는 하늘로 올라간다
해탈한 사막다람쥐 몇 마리 햇빛 속에 들명나명

석상의 미소를 만나러 수만리 길 날아와
내가 웃으니 석상도 따라 웃는다

나와 석상의 돌꽃 미소가 한 몸으로 피어난다

제3부

아름슬픈 생의 드라마

송아지 가죽핸드백

어미의 산고産苦 두려움도 잊었는데
젖은 몸 양수 채 마르기도 전에
어미젖 한번 제대로 빨아 보지도 못한 채
사그라지는 햇핏덩이

세괏은 쇠망치 세례
어미 새끼의 인연마저 끊어 버린 채
사운한 송아지 가죽핸드백 너머로
어미의 하늘이 무너져 내린다

저 인간의 허랑한 광기狂氣!

살냇물 거슬러

만리 물길 얼음바늘 찔리며

아픔바다 건너 찾아온

해바른 고향 서덜 옆에

살냇물 거슬러 폭포수

기신기신 타고 올라

억척빼기 연어 부부

청옥 강바닥에 햇씨 뿌리고

하늘 문 두드리니

어미 연어의 새끼 사랑

성그러워라

말벌도 우주를 품어 안는데

작은 말벌이
무화과 열매 속으로 파고든다
칠흑 속 미로를 뚫고 가는 긴 터널
날갯죽지 팔다리 찢기고
창자마저 터지지만 둥주리엔
햇꽃송아리만 가득가득

피투성이 몸 이승 떠나야 할
찰나에도 무화과꽃눈 틔워
씨앗 만들어 내니
온 생명 품어 안는 작은 말벌의
정가로운 세상
무한 자비로움이여

무진 원圓

뭉툭는 네모 세모도
네 앞에선 무람없이 무너져 내린다
세상의 모든 날 선 것들 품어 안는
원 원의 운동이여

내 몸 안 모슬이 난 돌부리
너를 보면 부서지고 바숴져서
둥근 마음 둥근 말
해정한 보름달로 거듭 피어나리라

바다 무도회

천적이 우글쩍거리는 바다에서
수많은 작은 물고기 떼 동그라미 만들어
한 방향으로 몸살 부비고 호촐대며 헤엄쳐 가네

깊어진 생각 물결이 잠방잠방 생명길 틔워
힘스레 움직이는 하넓은 원을 그리며
파도밭 빛보래 뿜어 연출하는 바다 무도회

쬐꼬만 물고기도 동당동당

남녀 빈부 종교 이념 시공으로 흩어지고
영혼마저 스름스름 시들어 가는 세상
부정부패의 늪에 빠져 허우적거린다

꽃도 뭉치면 상깃한 꽃숭어리로 다시 태어나고
쬐꼬만 물고기도 모듬거리면 수천 배 강해지는데
애오라지 신비의 에너지 부숭김 없는
원을 그릴 자 그 누구련가

서양뒤영벌의 우정

헐굶는 벗에게는 위 속에 든
먹거리 토해 내어 기꺼이 공양하고
허약한 친구를 보면 창자 속에 든
면역체도 보시한다 서양뒤영벌

우정 없는 행복은 없다는데
풍경 소리에 실려 온 부처님 법문
쪼만한 귀로 듣고 보살도를 행하니
크낙한 반야세계 화엄을 이루네

제왕나비의 꿈

폭풍설 몰아치고 송곳바람 윙윙대는 겨울 산정
자잔한 제왕나비 떼 바다 건너
길나장이 하나 없이 만리 고향 길 떠나온다

마초아칸산 침엽수 가지에
포도송이마냥 울렁줄렁 매달려
별밭 이불 덮고 늦은 겨울잠 잔다

양지바른 산뜰 길섶에서 봄꽃등컬 숨결 들리면
서둘러 깨어난 나비들 사랑 나누고 겹몸 되어
잽씨빨니 고향 돌아와 새끼 낳고 하늘 꿈 꾼다

----

* 북미의 주황 검정 반점의 제왕나비 가운데 90퍼센트가 초겨울에는 멕시코
의 나비 성역인 마초아칸산 작은 지역까지 2,500마일을 하루에 100마일씩 날
아가서 11월 초부터 이듬해 1, 2월까지 동면하고 3월 초에 깨어나 교미하고 다
시 돌아가서 알을 낳는다. 이 나비 성역은 1975년에야 멕시코 부부 학자의 연
구 결과로 밝혀졌다. 제왕나비라는 이름은 영국 왕 베일리의 의상 색깔, 즉 검
정과 주황이 같다고 해서 붙인 이름이다.

동그라미의 힘

비 그치고 무지개 곱땃스레 뜬다
동굴 속 굶주린 박쥐 떼 한 마리 비룡飛龍 되어
먹이 사냥 떠나는데 난데없이
덮거친 독수리 떼 덮친다

놀란 박쥐 떼 동그라미 그리며
난공불락難攻不落 방어진 치니
독수리 떼 혼비백산魂飛魄散
줄행랑친다

반야般若의 지혜인가 자연의 경이인가
저 동그라미의 놀라운 힘!

---

* 세계자연유산인 말레이시아 구눙물루 국립공원 사슴정글의 동굴 속에 3∼
4일간 내린 비 때문에 갇혀 있던 300만 마리의 박쥐 떼가 날이 개자마자 일시
에 먹이 사냥 나서는 모습이 마치 한 마리의 비룡과 같은데 그 광경이 40여 분
지속된다고 한다.

제4부

화안한 삶꽃
— 홍콩 야경

해으럼 빌딩 숲은 빛가루를 쏟아내고
가을 안개 나직이 깔린 바다 위
크고 작은 배 사람 사이를 이어 준다

다라워진 인간 정글에서는
가면무도회가 펼쳐지는데

얼음썩는 도시의 숲 속에서도
삶꽃 흐드러지게 피어오르니
땀 냄새 흐던하고 시들지 않는
삶꽃 화안히 피어난다

절벽 위의 왕궁

모지라진 세 발톱만 버팅기며
올오롯이 앉아 위용을 떨치고 있네
폐허의 왕궁 터에 무수리바람만 사납고
머리 잘려 나간 웅장한 사자 한 마리

탐욕에 눈멀어 부왕 목숨대궁 꺾은 이복형
달아난 동생 왕자의 보복 두려워
아아한 절벽 위에 성채 도시 세웠다네
올라갈수록 티끌세상 피보래 질펀하다

빛바랜 붉은 프레스코 벽화 춤추는 미녀들
노을에 비껴 더욱 선연해 보이는데
부왕의 원통세월 누가 위로해 줄까
까마귀 몇 마리 까옥까옥 천년 바위를 깨뜨린다

─────────────────────

* 스리랑카의 시리기아 요새(세계문화유산). 부왕을 살해한 이복형 카사파가
달아난 왕자의 보복이 두려워 정글 속에 세운 성채 도시.

사막의 초록별

슬픔밭 비비하님모스크는 썰멍한데
대리석 코란 받침대를 돌며 기도하는
아들 기두르는 여인들 꽃띠 얽어맨다

아프라샵 언덕 깃털모자 쓴 고구려 사신들의
발자국 소리 선연하고 달빛 바다 예돌던
혜초 스님 고향 생각 그믐달로 떠가네

— 달 밝은 밤에 고향 길 바라보니
  뜬구름만 너울너울 고향으로 돌아가네

(…중략…)

평생에 급한 눈물 흘리는 일 없었는데
오늘만은 천 줄기 눈물 뿌려지네

유라시아 아우르는 사마르칸트
예도느닌 대상들의 땀 냄새 습습한 사막 길
천년 세월하고 대우 자동차 떼 시끌사끌 나울친다

왕비의 짝사랑

　왕비는 짝사랑하는 건축가에게 색이 다른 계란을 내놓으며 하나를 고르면 색은 다르지만 맛은 같으니 후궁 중 누구라도 줄 테니 왕비를 포기하라고 했다네 건축가는 컵 두 개를 보이며 한쪽에는 냉수가 다른 쪽에는 마음을 흐리게 하는 술이 들어 있는데 겉은 모두 같게 보여도 왕비를 사랑하는 자기의 마음은 다르다고 꼬드겼다네

　단 한 번 허락한 입맞춤의 흔적이
　왕비의 얼굴에 영원히 남을 줄이야
　꽃 피면 속에 품은 향기 숨길 수 없듯이
　얼음사슬 끊고 전쟁터에서 돌아온 티무르 왕
　불덩어리 강새암 아픔밭은 불비늘 이글이글
　왕비의 무덤에는 빛슬픈 뉘누리 여울치네

＊사마르칸트의 비비하님모스크.

바람새 별밭으로

가도 가도 거츤벌난벌 키잘쿰 사막길뿐
숨 막히는 더위 아래 흙모래 바람만 불고
바람새만 하넓은 별밭으로 날아오른다

해으스럼 따가운 햇살
쓰래한 적막 속으로 숨어들고
밤하늘엔 별무더기 쏟아져 내리는데
별똥별 뜬금없이 내려와
천년 비밀을 지즐댄다

칠흑 밤빛 슬픈 무희의 춤사위가 흥그럽고
순례자들 빈 마음꽃 피운다
바람 짐승 우는 여기는 신의 땅
어디선가 슴배어 나오는
혜초 스님의 천년 숨결을 느낀다

---

* 우즈베키스탄에서.

오도悟道의 길 구도求道의 길

김 재 홍

(문학평론가 · 경희대 명예교수)

1. 시의 길, 시인의 길

시의 길이 무엇이고 시인의 길이 어떠해야 하는가? 한 줄 시구를 얻기 위해 열리지 않는 시의 문 앞에 서서 적어도 몇 날 밤을 새워 고뇌해 본 사람이라면 시의 길이 무엇인지, 시인의 길이 어떠해야 하는지 깨닫기 시작할 것이다 .

시인은 끊임없이 스스로를 참아야 하고, 시에게 머리 숙여야 하고 언어 앞에 겸손해야 하고 진실해야만 한다. 그래야 한 줄 시구가 찾아온다. 그러나 그것이 다가 아니다. 시 한 편 잘 썼다고 시인의 사명을 다한 것이 아니기 때문이다. 그렇다면 시인의 사명은 무엇인가? 시인은 한 나라 언어의 흥망성쇠의 열쇠를 쥐고 있는 사람이라 해도 과언이 아니다. 언어란 또 무엇인가? 한 나라의 혼, 겨레의 정신을 담는 그릇이 아니던가? 그릇이 깨져 있거나 때가 묻어 더럽다면 그 영혼은 어떻게 되겠는가? 갈 길을 몰라 이리저리 방황하지 않겠는가? 그렇게 본다면 시의 길, 시인의 길은 냉철한 자기성찰로 영혼과 정신을 깨어 있게 해야만 하리라. 조금의 타협이나 게으름, 거짓도 용납해서는 안 되는 수도자의 길, 고독한 순례의 길에 서 있어야 한다는 뜻이다.

그러면서 시인은 또한 자기구원을 이루고 창조자이자 발견자가 되어야 한다. 창조적·주체적으로 세계를 바라봄으로써 진정한 자유인이 되어야 하며 현실에서 영원을 읽어 낼 수 있어야 하는 것이다. 그렇게 될 때 시인은 비로소 시인으로 완성되어 간다. 또한 시인은 민족어의 완성을 위해 끊임없이 전력해 나가야 한다. 흔히 시인은 언어의 생사여탈권을 쥐고 있는 사람들이라고 한다. 이것은 시인이 단순한 언어의 유희를 즐기는 자들이 아니라는 뜻이다. 영국인들은 셰익스피어를 인도 대륙과도 바꾸지 않겠다고 말했다. 왜였을까? 셰익스피어는 영어 단어를 합성하고 파생시키고 변형, 창조하여 영국인들의 언어생활을 예술적으로 고양시켰다. 마치 독일어를 괴테가 그랬던 것처럼. 셰익스피어가 새로 만든 단어가 2000여 개나 되었다니 지금도 영국 하면 먼저 셰익스피어라는 이름이 튀어나오는 것도 무리는 아닐 것이 분명하다.

이렇게 볼 때 김효중 시인은 묵묵히 시의 길, 시인의 길을 잘 찾아가고 있는 그런 성실한 시인의 한 사람이라 할 수 있다. 시인은 등단한 지 3년 만에 세 권의 시집을 묶어 내었다. 1년에 한 권씩 시집을 묶어 낸 셈이다. 그만큼 부지런하고 성실하며 치열한 시인이라 할 수 있지 않겠는가? 시 쓰기에 치열하지 않다면 과연 그와 같은 성과가 있겠는가? 양적 팽창이 질적 향상을 가져온다 했던가? 이번 시집을 통해서 김 시인은 참시의 길, 시인의 길이 어떤 것인지 끊임없이 되묻고 있다. 보통 어느 시인이 세 권 정도의 시집을 내었을 때 비로소 '본격시인'이라 말할 수 있지 않겠는가? 시인은 이제 누가 뭐라 해도 본격시인의 반열에 접어들어 마지막 날까지 시인의 길을 가지 않으면 안 된다는 것이다. 본격시인이란 무엇인가? 시 쓰기에 있어 프로라는 뜻이다. 프로는 직업란에 적을 수 있고, 돌이키려야 돌이킬 수 없는 생의 반환점을 넘어섰다는 뜻이 되겠다. 이것은 곧 수십 년간 교수로서 가르치는 생활에 더 익숙했던 삶이 이제 시인으로서의 창조적 삶에 더 무게가 실렸다는 말이다. 이번에 세 번째 시집을 펴내는 김효중 시인의 노고를 치하하고 좋은 시를 써 나아가길 바라는 뜻으로 간략하게 그 시세계를 살펴보고자 한다.

2. 생명 사상을 위하여

이번 시집에서 그 바탕을 이루며 두드러지게 나타나고 있는 내용은 생명에 대한 연민과 사랑의 정신이다. 그것은 단순히 소녀적 센티멘털의 감정이 아니라 한 생명을 직접 잉태하여 낳고 기르기까지 모든 인고의 시간을 견뎌 내고 조용히 그 생명이 다시 열매 맺는 과정을 지켜보는 건강하고 구체적인 생각의 체계를 말한다. 자연의 섭리 앞에 능동적으로 순응하고 그를 넘어서서 소우주의 주인으로서 마땅히 그 존재를 누리며 기리는 생명에 대한 참사랑이 유쾌하고 건강하게 나타난다는 뜻이다.

> 작은 말벌이
> 무화과 열매 속으로 파고든다
> 칠흑 속 미로를 뚫고 가는 긴 터널
> 날갯죽지 팔다리 찢기고
> 창자마저 터지지만 둥주리엔
> 햇꽃송아리만 가득가득
>
> 피투성이 몸 이승 떠나야 할
> 찰나에도 무화과꽃눈 틔워
> 씨앗 만들어 내니
> 온 생명 품어 안는 작은 말벌의
> 정가로운 세상
> 무한 자비로움이여
> ─「말벌도 우주를 품어 안는데」 전문

이 시는 작은 말벌이 먹을 것을 구하기 위해 무화과 열매를 파고드는 것으로부터 출발한다. 시인은 무화과 열매만을 옹호하거나 두둔하지 않는다. 먹어야 생명을 유지할 수 있는 말벌의 입장도 충분히 이해하고 안쓰러워한다. 흑백논리에 사로잡혀 옳고 그름의 잣대를 함부로 들이대지 않는다는 뜻이다. 관조의 자세로, 그러나 어찌할 수 없는 자연의 섭리를 인정하고 순응한다. 자연에 대한, 생명에 대한 균형감각을 가지고 있다. 말벌에게는 먹이를 구하는 일이 되겠지만 무화과 열매에게는 살과 오장육부를 찢기며 죽음을 맞이하는 순간을 함께 조응시켜 생명의 섭리와 운행법칙을 꿰뚫어 보고 있는 것이다. 그러나 무화과 열매는 그 순간에도 생명을 포기하지 않는다. 이승을 떠나야 하는 피투성이 몸을 가지고도 씨앗을 만들어 내고 있다. 이것이 무엇인가? 속에서는 암 덩어리가 자라고 있는데도 아이를 포기하지 못하고 아이를 낳고 죽어가는 어느 산모의 이야기처럼 생명을 지키려는 모성의 이 끈질긴 생명의지와 집념을 과연 무엇으로 설명할 수 있을까? 그녀는 이 감동의 찰나를 말벌과 무화과 열매를 통해 감동적으로 표현하고 있다. 시란, 시인의 눈이란 바로 이러한 순간을 놓치지 말아야 한다. 이 우주를 지켜 가는 생명의 엑기스가 흘러넘치는 순간을 말이다.

그러면 다시 말벌의 입장으로 돌아가 생각해 보자. 말벌 또한 어디에서 적이 나타날지도 모르는 미로 같은 어두운 삶의 터널을 뚫고 한 끼 식사를 구하고 있다. 처절한 몸부림의 순간이다. 살기 위해 천 길 낭떠러지 사다리를 오르는 일용직 노동자, 길고 어두운 갱도 속을 뚫고 한 줌 석탄을 캐내어야만 목숨을 연명할 수 있는 광부들, 세상에는 수도 없이 많은 사람들이 매일매일 말벌처럼 날아다니며 무화과 열매를 구하고 있다. 그들의 행동을 시인은 따뜻한 시선으로 바라보며 생명을 탐구한다. 말벌의 한 끼 먹이가 되어 살이 찢기고 피가 터지는 절명의 순간에도 무화과 열매는 말벌을 저주하거나 원망하지 않는다. 그저 묵묵히 운명에 순응하며 제 할 일을 하고 있을 뿐이다. 또 말벌은 그러한 무화과 열매를 소중히 받아 제 목숨을 지킴으로써 결국 우주 공동체를 지켜 나가고 있는 것이다.

결국 김 시인은 이 시를 통해 먹고 먹히는 살벌한 자연의 생태계 안에서 일어나고 있는 생존경쟁natural selection의 과정을 통해 생명의 본성을 탐구하고 생명에 대한 연민과 사랑을 읽어 내고 있다. 그렇다. 약육강식의 먹이 피라미드 안에도 서로를 안쓰럽게 바라보고 긍정할 수밖에 없는 연민의 마음, 사랑의 마음이 표현되고 있다. 이러한 감정을 포착하고 형상화해 내는 것이 바로 참시인의 삶을 사는 일이 아니겠는가!

비 그치고 무지개 곱맛스레 뜬다
동굴 속 굶주린 박쥐 떼 한 마리 비룡飛龍 되어
먹이 사냥 떠나는데 난데없이
덮거친 독수리 떼 덮친다

놀란 박쥐 떼 동그라미 그리며
난공불락難攻不落 방어진 치니
독수리 떼 혼비백산魂飛魄散
줄행랑친다

반야般若의 지혜인가 자연의 경이인가
저 동그라미의 놀라운 힘!

—「동그라미의 힘」 전문

이 세상은 먹이를 앞에 두고 한바탕 죽고 죽이는 참혹한 전쟁터라고 비유할 수 있지 않겠는가? 내가 살기 위해서는 누군가 죽어야 하고 죽여야 하는 상황의 연속이라는 뜻이다. 그래야 내 밥그릇이 유지되는 세상이다. 생명 가진 자들의 슬픈 옵션이다. 시인은 그러한 삶의 정글 법칙을 잘 알고 있다. 대학교수로 30년 넘는 세월을 건재한다는 것은 쉬운 일은 아니기 때문이다. 세상은 온통 먹이 사냥에 나선 굶주린 박쥐 떼들로 들끓고 있고, 그를 쫓는 독수리 떼는 호시탐탐 기회를 엿보고 있다. 그런 상황에서 어떻게 하는 것이 살아남는 길일까? 매 순간순간 다가오는 독수리 떼의 날카로운 포위망을 시인은 용케도 잘 피해 여기까지 무사히 도달해 있다. 시인이 세상을 헤쳐 나온 방법은 위의 시에서 말하고 있는 '동그라미의 힘' 바로 그것이다. 그렇다면 동그라미란 무엇이던가? 바로 생명의 원리이자 힘이다. 죽을힘을 다 기울였다는 뜻이 되겠다. 완전한 동그라미가 되기 위해서는 점 하나 선 하나에 이르기까지 완벽히 길이나 크기가 조응돼야만 한다. 그렇지 않으면 동그라미가 될 수가 없다. 점 하나가 크거나 선 하나가 약간 길어도 동그라미는 이상한 모양으로 일그러지게 된다. 완전한 동그라미를 이루기 위해서는 절체절명의 집중과 혼신이 정확히 일체가 되어야 한다. 목숨을 앞에 놓고, 먹이를 앞에 놓고 박쥐 떼는 죽기 아니면 살기로 난공불락의 방어진을 친다. 생명의 험렬險烈함과 시인의 치열함을 엿보게 하는 부분이다.

그러고 보면 시인이 등단한 지 3년 만에 벌써 세 번째 시집을 내는 것도 우연이 아니다. 고요한 듯 평화로운 듯하면서도 그동안 얼마나 치열하게 삶의 미로와 시의 정글 속을 헤쳐 왔는지 생각하면 숙연해진다.

3. 사랑과 평안의 길을 향하여

사랑은 삶의 또 다른 이름이다. 인간은 제각각 태어날 때 신으로부터 얼마만큼의 시간을 부여받는다. 사람에 따라 차이는 있겠지만 그렇다고 영원한 시간을 부여받는 사람은 아무도 없다. 많아야 100년 안팎 길이의 시간이다. 운 좋게도 그 100년을 다 쓰고 가는 사람도 있지만 그렇지 못한 사람이 더 많다.

> 사람은
> 빈손으로 왔다가
> 빈손으로 간다지만
> 사랑만은 가지고 간다네
>
> —「사랑만은」 전문

우리 인간은 빈주먹 불끈 쥐고 태어나 그 손안에 뭐라도 채워 보려고 안간힘을 다하며 살아간다. 그러나 채우면 채울수록 더 갈증 나고 허기진 것이 인생이다. 채울수록 오히려 더 비어만 가고 공허해진다. 그러는 사이 부여받은 시간은 모래알 빠지듯 다 빠져나가고 결국 종생의 순간을 맞이하게 된다. 일생 동안 그렇게 채우려고 발버둥 쳤지만 어떤가?

아무것도 가져갈 수 없다. 매일 먹던 밥 한 끼, 입던 옷 한 벌, 애지중지 키워 온 자식들, 소중한 물건, 재산 등 말 그대로 저승 갈 때 우리는 모두 두고 가야 한다. 오죽하면 저 그리스의 정복 대왕 알렉산더는 인간이 죽을 때 빈손으로 돌아간다는 것을 사람들에게 보여 주기 위해서 자신이 죽거든 손 하나를 관 밖으로 꺼내 놓으라고 했다 하던가? 그처럼 빈손으로 왔다가 빈손으로 돌아가는 인생이란 그리 새로울 것도 없다. 그러나 시인은 "사랑만은 가지고 간다"라고 말한다. 세상 그 무엇으로도 채울 수 없는 인생의 빈 부분을 사랑으로만은 채울 수 있다고 말하고 있다. 허무로 마무리될 수밖에 없는 삶의 본질에 눈이 번쩍 뜨이게 하는 자각이다. 그렇다. 결코 인생은 빈손으로 왔지만 빈손으로 돌아가는 것은 아니다. 시인은 허무한 인생살이에서 그래도 희망의 오아시스를 우리에게 던져 주고 있다.

> 앙그러짐 없는 장미꽃이어라
> 삶의 향글음 진진하고
> 다순한 손길 건네는
>
> —「부부는」 전문

위의 시는 시인의 사랑에 대한 긍정과 평안의 미학이 어디에서 나왔는지를 보여 주는 좋은 예가 되는 시다. 모든 사랑의 시작은 암수 두 짝이다. 이것은 우주의 시작이요 끝이다. 알파요 오메가인 것이다. 그 둘이 있어야 생명이 잉태될 수 있고 생태계가 유지될 수 있다. 그 두 사람의 사랑을 담는 그릇이 가정이요, 가정의 주체는 곧 부부가 아닌가? 부부간의 사랑이 안정되고 지속될 때 생태계는 건강하고 풍성하게 생육과 번식이 유지되는 것이다. 이 시에서 시인은 부부 사이를 "앙그러짐 없는 장미꽃이어라" 말하고 있다. 어디 하나 벌레 먹거나 바람에 꽃잎이 찢어져 상처 입은 장미꽃이 아니라 하나의 손상도 없는 가장 완전하고 흠 없는 장미꽃인 것이다. 시인의 가정적 배경에서 나온 밝고 긍정적이고 행복한 부부상을 드러내어 준다는 뜻이다. 그러나 그런 모습의 부부상이 되기까지 시인의 부부인들 어찌 어려움과 내상이 없었겠는가? 분명 많이 있었을 것이다. 그러나 그 모든 젊은 뒤안길을 극복하고 오늘에 이른 것이리라. 상처 없는 꽃이 어디 있겠으며 벌레 먹은 과일이 더 달콤하다는 말이 왜 나왔겠는가? 그러기에 그녀가 노년에 이르러 그리고 있는 "삶의 향글음 진진하고/ 다순한 손길 건네는" 부부의 모습이 더욱 아름다울 수 있는 것이며 삶의 구원의 방주를 볼 수 있게 되는 것이다. 진정한 사랑과 참평안이 비로소 존재한다는 것이다.

　　　만리 물길 얼음바늘 찔리며
　　　아픔바다 건너 찾아온

해바른 고향 서덜 옆에
살냇물 거슬러 폭포수
기신기신 타고 올라
억척빼기 연어 부부
청옥 강바닥에 햇씨 뿌리고
하늘 문 두드리니
어미 연어의 새끼 사랑
성그러워라

—「살냇물 거슬러」 전문

세상에 모성애처럼 강하고 희생적이고 지속적인 감정이 있을까? 모든 사랑의 완성은 어미의 새끼 사랑에 있다고 본다면 지나친 것인가? 아니다. 요즘 세태가 험악해 엄마가 자신의 아이를 살해하는 일이 드물게 있긴 하지만, 그런 패륜적인 상황을 제외하고 대부분 모성은 위대하다. 남녀 간의 사랑이 제아무리 죽고 못 산다 하여도 얼마간의 시간이 흐르면 변하기도 하고 서로 주고받는 것이 있어야 오래 유지될 수 있다. 그러나 어미의 사랑은 어떤가? 주어도 주어도 못다 한 것이 어미의 사랑이라 하지 않는가? 한갓 벌레에 불과한 거미의 경우를 보아도 알 수 있다. 새끼에게 제 몸을 다 파 먹히고 죽어가는 어미 거미, 연어도 다를 바 없지 않는가?

위의 시는 새끼를 낳기 위해 강물을 거슬러 올라와 알을 낳고 죽는 어미 연어에 대한 이야기다. 별로 새로운 소재는 아니다. 많은 시인들에게 흔한 시의 소재가 되어 왔던 것도 사실이다. 그럼에도 다시 감동을 받는다. 모성을 말해도 시인이 말하는 모성은 다르게 느껴진다. 모성애란 무엇인가? 단순하게는 어미가 새끼를 사랑하는 마음이다. 지극히 동물적이고 제한적으로 보이는 이 감정이 거대한 우주를 떠받치고 있는 뿌리요, 세상을 구원할 핵이라 한다면 과장된 표현일까? 아니다! 오히려 어떤 말로도 부족한 것이다. 온갖 종류의 범죄와 테러, 끊이지 않는 전쟁의 소용돌이 속에서도 인간이 삶을 영위해 나갈 수 있는 데는 위대한 사랑의 근본을 이루는 모성이라는 감정의 공이 클 것이다.

시인은 어미의 희생을 어둡고 우울하게 보지 않는다. 자연의 순리요, 새 우주의 탄생을 위해 기꺼이 받아들이는 순응적이면서도 능동적인 희생, 가장 아름다운 사랑의 모습으로 그리고 있다. 그것을 '성그럽다'고까지 말한다. "한 알의 밀알이 땅에 떨어져 썩지 않으면 싹이 나지 않는다."는 『성서』의 어느 구절처럼 어미 연어는 한 알의 밀알이 되어 죽어 가고 있는 것이다. 그러나 그 어미 연어는 슬프거나 고통스럽거나 비참해 하지 않는다. 강요된 희생이 아니라 자발적이고 운명적인 원리이며 행복한 희생이기 때문이다. 미래의 생명 공동체를 위해 자신이 감당해야 하는 운명을 묵묵히 받아들이는 성스러움이 있을 뿐이다.

이것은 근원적인 면에서 시인의 가톨릭 신앙에 바탕을 두고 있는 생명 사상이 잘 드러난 시라 할 수 있겠다. 이렇게 볼 때 시인 생명 사상의 핵심은 모성의 정신을 완성해 가는 것이라 할 수 있다. 좀 더 신의 섭리에 가까이 다가가는 일이 되겠다. '천사의 합창을 해도 사랑이 없으면 울리는 꽹과리에 불

과하다.' 라는 복음성가의 가사도 있지 않는가? 진정한 사랑
이 있을 때 참평안이 있는 것이고, 참평안이 유지될 때 사랑
은 넘쳐날 수 있는 것이 아니겠는가 말이다.

4. 저 높은 곳을 향하여

시인은 가톨릭 신자다. 가정사적으로 보면 프랑스 파리에
서 한국의 이름을 빛내고 있는 신부이면서 화가인 김인중 작
가, 그가 바로 시인의 친오라버니이지 않던가? 그리고 시인의
작은 아드님 또한 신부가 되기 위해 사제 수업 중인 것으로
알려져 있다. 독실한 가톨릭 신앙의 바탕 속에서 성장했고,
살아왔으며 살고 있는 시인의 시편들에는 유독 이러한 신앙
에 대한 것들이 많을 것임은 자명한 이치다. 드러내지 않으면
서도 삶의 과정에서 은근하게 배어 나오는 시인의 은총의 섭
리 사상 및 구원의 사상은 읽는 이로 하여금 진실한 깨침의
세계로 인도한다.

> 불잉그럭 여름 더위 가을 폭풍
> 겪지 않은 흐므진 과일 있던가
>
> 불잉글 지옥 얼음바늘 아픔 없이
> 참나 찾은 사람 보았는가
>
> ― 「참나」 전문

'참나'에 이르는 길은 시인에게도 "가을 폭풍" 같은 험난한 길이 아닐 수 없었을 것이다. "불잉글 지옥 얼음바늘 아픔"을 이겨 나와야 '참나'를 찾을 수 있다고 시인은 말하고 있다. 인간이 짐승과 다른 점은 무엇이던가? 가장 크게는 '생각을 한다'는 것이 아니겠는가? 인간의 문명이 다른 짐승의 그것들보다 발달할 수 있었던 키워드는 바로 인간이 생각을 한다는 것이다. 다시 말해 인간은 자신이 한 행동에 대해 잘잘못을 반성할 수 있고 더 나은 방향으로 지향해 갈 수 있음을 의미한다. 그래서 시인은 '참나'를 찾는 하나의 방법론을 마음 비우는 일이라고 생각한다.

> 소금은 자신을 녹여야 맛을 내고
> 초는 몸을 태워서 빛을 내지만
> 사람은 마음만 비우면 무릉도원이라네
> 　　　　　　　　　　　　─「마음만 비우면 · 1」 전문

　남을 탓하거나 남에게 원인을 돌리는 것이 아니라 자신에게로 돌아와 스스로를 탓하고 용서하며 타인을 용서하며 공수래공수거 인생을 실천하는 것이 '참나'를 찾는 길이라 인식하고 있는 것이다. "결국 나의 천적은 나였던 것이다"라는 조병화 시인의 시구가 있었던가? 얼마 전 가톨릭 신자들 사이에서 유행했던 '내 탓이요' 운동이 그러했던 것처럼 잘되고 못 된 모든 것을 스스로에게 책임 지우고 참회하고 속죄하는 시인의 깊이 있는 인생철학을 엿볼 수 있는 것이다. 또 아래

의 시는 어떤가?

　　생명길 새옹지마塞翁之馬라지만
　　삶가방 비우면
　　은산철벽銀山鐵壁도 두렵지 않다네
　　　　　　　　　　　　　　—「삶가방 비우면」 전문

　이 두 편의 시에서 뚜렷이 나타나는 시인의 인생관은 비움의 철학이다. 마음을 비우고 삶을 비우고, 소유를 비우고, 욕망을 비우고, 그 비어 있는 자리에 저 높은 곳을 향한 갈망을 채우고 신의 뜻을 채우려 노력하고 있는 것이다. 신의 뜻을 채우고자 한다는 것은 시인의 삶이 영적이고 종교적이라는 뜻이 되겠다. 신의 말씀에 귀 기울이고 신의 섭리에 순종하는 것이 시인에겐 자연스러운 일이고 바람직한 운명의 길이기도 한 것이다. 오래 입어 편안한 옷이 된 것처럼 보인다. "신푸넝스런 사바세계"(「사바세계」)를 떠나 진정한 깨침의 세계로 나아가고 있는 한 구도자의 모습만 덩그러니 남아 우리를 울려 주고 있는 게 아닌가? 시인이 정년을 한 늦은 나이에 비로소 본격적으로 시를 공부하고 쓰는 이유가 바로 여기에 있는 것이 아니겠는가?

　　중생은
　　원한을 돌 위에 새기고
　　은혜를 흐르는 물 위에 쓴다지만

보살은
원한을 흐르는 물 위에 쓰고
은혜를 돌 위에 새긴다네

—「은혜는 돌 위에 새긴다네」 전문

이 시는 시인의 깨달음의 경지가 한층 더 높은 곳을 향해 육박해 들어가고 있음을 보여 주는 예라 하겠다. 마음을 비우고, 탐진치 욕망을 비우고 온갖 삶의 허욕을 버리고 나서 이제 시인은 범인류적 사랑과 구원의 세계를 향해 눈을 돌리고 있는 것이다. 보통 인간은 남이 자신에게 잘못한 일이 있으면 가슴에 원한을 품는다. 그러면서 '반드시 내 원수를 갚고 말리라.'는 금석맹약을 스스로와 맺는다.

그렇지만 깨침이 있는 시인은 깨침이 있는 사람이란 그렇지 않다고 말한다. "보살은/ 원한을 흐르는 물 위에 쓰고/ 은혜를 돌 위에 새긴다네"라는 구절은 참된 깨달음의 경지에 도달한 자여야만 느낄 수 있는 구체적인 심적 패러다임을 제시한다. 시인은 뒤채이던 삶의 번뇌와 질곡 뒤안길을 벗어나 이제 원한마저 물 위에 흘려보낼 수 있는 한 차원 높은 깨달음의 경지를 향해 바라보고 있다는 뜻이다.

영혼의 무도회장 스테인드글라스
빛뭉치 솟쳐 어둠살 부숭기니
허공을 찢는 여백 비사치는 물무지개
침묵의 돌이 천년을 노래한다

여백은 전체를 전체는 부분을 모듬어
천상 내면의 몽근 세계를 빚어낸다
빛은 그 얼뿌리 하늘 땅에 크높으니
그 울림에 하느님의 손결이 느껍다

오늘도 돌꽃 핀 성당 대리석 마당엔
성령의 불빛잔치 펼쳐지니
온갖 집착의 굴레 벗으려
순례자 발길은 멈추지 않는다

            —「침묵의 돌이 천년을 노래한다」전문

참된 구원은 어디에서 오는가? 시인은 욕망을 버리는 것에서 시작해 성령에 이르는 길이라고 말한다. 많은 순례자들이 고행의 순례길에 오르는 것은 바로 불 일듯 일어나는 온갖 세상사 욕망을 버리고 참된 깨달음과 구도를 얻기 위해서다. 원착, 애착, 집착 등 삼착을 비롯하여 희로애락 애오욕, 인간의 마음을 끊임없이 들끓게 하는 이 욕망과 번뇌의 굴레로부터 자유로워지는 것이 바로 구원에 이르는 길이다. 시인은 지금 성령의 무도회장에 이르러 있다. 거기에는 빛뭉치가 있어 어둠을 몰아내고 있다. 빛뭉치란 무엇인가? 시인이 궁극적으로 도달하기를 갈망하고 있는 신앙의 에스프리, 천년 침묵의 돌이 노래하는 경지, 성령 충만의 세계가 그것이다. 세계는 모나지 않고 주변을 감싸고 있는 것은 모두 원만하다. 둥근 것은 모난 것, 각진 것을 품어 안아 하나의 원만구족의 세계를 창조한다. 둥글다는 것은 갈등이 없고 종교에서 말하는 이

상적인 융합과 화해의 세계를 뜻한다. 바로 시인이 바라는 궁극적인 구원의 경지인 저 높은 곳, 그곳이다.

5. 맺음말, 민족어의 완성을 위하여

시인이 부여받은 가장 큰 권리이자 의무는 무엇일까? 그것은 아마도 새로운 언어 창조일 것이다. 다시 말해 민족어의 완성에 있다는 뜻이다. 일상어를 갈고닦아 언어를 순화하고, 사라져 가는 지역 말, 고어, 은어를 찾아내어 오늘에 되살리며, 새로운 언어를 창조해 사람들의 언어생활을 풍부하고 섬세하게 만드는 일, 바로 그것이 시인이라는 이름을 가진 사람이 해야 할 운명적인 일이다. 이런 의미에서 시인은 언어의 창조자인 셈이다. 김효중 시인은 등단한 이래 제3시집이 나오기까지 꾸준히, 치열하게 민족어의 완성을 위해 노력하고 있어 주목을 환기한다.

산드란 산마루 절벽 위에
검으야한 힌두교 사원
발걸음 멈추고 고개 숙인 나를 본다

머흐란 바위산을 천지사방
마뜩히 가즈려 신전 세우니
돌에서 생명의 새엄 부룻난다
거친 숨소리조차 끌과 망치로 뚫었을

옛 석공의 모스러진 손길 다슷하고나

시바신은 아내 신을 불안고
투술한 코끼리 상 그의 남근을 떠받치니
미투나상을 훔쳐보고 얼굴 붉히며 가는 처녀바람
돌아 나오는 바람 마른 햇살 튀는 하늘로 올라간다
해탈한 사막다람쥐 몇 마리 햇빛 속에 들명나명

석상의 미소를 만나러 수만리 길 날아와
내가 웃으니 석상도 따라 웃는다
나와 석상의 돌꽃 미소가 한 몸으로 피어난다
　　　　　　　　　　　　　—「석상의 미소 피어나다」 전문

　위의 시에는 현재 우리가 흔히 사용하지 않는 낯선 어휘들,
새로운 시어들이 다수 등장하여 주목을 환기한다. "산드란,
검으야한, 마뜩히, 가즈려, 새엄, 부룻난다, 모스러진, 다슷하
고나, 투술한, 들명날명" 등 옛 우리 조상들이 사용했지만 시
인들이 창조적으로 만들어 낸 말들이 한 시에서만도 많이 등
장함을 볼 수 있다. 시인이 얼마나 치열하게 언어와 격투를
벌이는 사람이며, 민족혼과 정서를 탐구하여 삶과 세계를 공
부하는 사람인지를 보여 주는 좋은 예가 아닐 수 없다. 달리
생각해 보면 이렇게 아름다운 우리말들이 사장되고, 사라져
가고 있었다니 한편 얼마나 안타까운 일인가? 시인은 국문학
자답게 문제의식을 가지고 '이 사명을 담당하리라.' 결심한
듯 지속적이고 치열하게 고어를 찾아 씀은 물론이고 새로운

시어를 발굴, 합성, 변용, 창조해 나아감으로써 시인의 근본 사명인 민족어의 완성을 위해 진력해 가고 있는 것이다.

비단 위의 시에서뿐만 아니라 시집 도처 시편 곳곳에서 이러한 시도는 흔히 발견할 수 있다. 앞에서 인용한 시편들에 나오는 시어들만 보아도 알 수 있다. "정가로운, 헐긁는, 빛보래, 빛뭉치, 곱땄스레, 덧거친, 얼음바늘, 서덜, 살냇물, 기신기신, 햇씨, 성그러워라, 불잉그럭, 흐므진, 신푸녕스러운" 등 시인의 시를 읽노라면 마치 활짝 핀 가을 언덕 들꽃 속을 걷고 있는 듯한 아름다운 착각에 빠지게 된다. 크고 작은 꽃들이 옹기종기 모여 가을바람에 한들거리고 반짝이는 언어의 꽃밭을 이루고 있는 모습이다. 시의 감동 여부를 떠나서 이 자체만으로도 우리에게 얼마나 고마운 일이고 높이 평가할 만한 시도인가?

모쪼록 앞으로도 시인의 모국어에 대한 애정이 식지 않고 지속되어 오늘의 시단에서 일가를 이루어 가기를 간절히 바랄 뿐이다. 아울러 오늘날 어디로 가고 있는지도 모르는 채 갈팡거리고 있는 우리 시에 싱그러운 한 지평을 열어 주는 차원 높은 서정성의 한 예가 되기를 기원한다.

김효중 시어 풀이

첫 시집『시보다 아름다운 꽃 어디 있으랴』제2시집
『화살, 그리움을 쏘다』제3시집『침묵의 돌이 천년을 노
래한다』에 이르기까지 시인이 즐겨 쓴 새로운 언어, 고
어, 방언 등 생소한 우리말을 풀이하여 독자들이 시를
쉽게 이해할 수 있도록 부록으로 싣는다.

가냐른 : 가냘프고 여린

가냑한 : 가냘프고 약한

가느슥히 : 가늘고 그윽하게

가동그려 : 묶어서 간추리다

가막덤불 : 풀과 나무가 무성하게 엉클어져 속이 들여다보
　　　　　이지 않는 덤불

가멸찬 : 굳센, 강한

가슴밭 : 가슴을 밭으로 비유한 말

가슴빛 : 눈의 빛을 눈빛이라 하듯이 가슴에도 빛이 있다면
　　　　　가슴빛이 될 것이라는 뜻의 조어

가슴살 : 가슴의 살, 마음의 중요한 부분을 비유한 말

가슴악기 : 가슴을 악기로 비유한 말

가슴파도 : 가슴에 일렁이는 감정, 느낌을 파도에 비유한 말

가을사랑 : 그리움과 아쉬움으로 남은 애잔한 사랑

가지록 : '갈수록' 을 예스럽게 표현한 말

갈레다 : 이리저리 섞갈리어 잡기 어려운

갈마들다 : 서로 번갈아 갈음하여 들다

감드는 : 감아드는

감실감실 : 먼 곳에서 어렴풋이 움직이는 모습

강새암 : 상대하는 이성이 다른 이성을 좋아하거나 할 때 일
　　　　어나는 강한 질투심

거츤벌난벌 : 거칠고 황폐한 벌판

검으야한 : 거무스레한

겹어둠 : 깊고 두터운 어둠

경경열열 : 슬픔이 복받쳐서 목메어 우는 모습

고르로운 : 고요히 빛나는

고절 : 절해고도와 같은 절대고독의 상태

곤죽길 : 몹시 질퍽질퍽한 길

곱땃스레 : 곱고 잘 어울리게

그늑하다 : 모자람이 없이 아늑하고 그득하게

그물그물 : 가물가물 어른거리는 모습

기루다 : 그리워하다

기신기신 : 힘겹게 기를 쓰는 모습

길갈디 : 갈 길

길나장이 : 길 안내자

길즛한 : '길쭉한' 의 여린 말

깊깔은 : 깊이 깔아 놓은

까치놀 : 석양을 받아 멀리 바다의 수평선에서 벌겋게 번득
　　　거리는 물결

꺼훌꺼훌 : 새나 나비가 날아가는 모양

꽃너울 : 꽃으로 만든 너울

꽃눈 : 아름다운 눈

꽃등컬 : 꽃뭉치

꽃떨기 : 꽃의 떨기

꽃무지 : 꽃이 무더기로 쌓인 묶음 꽃다발

꽃물 : 아름다운 꽃잎 물, 생명의 물

꽃보라 : 꽃이 흐드러지게 흩날리어 마치 눈보라치는 듯한
　　　상태

꽃비 : 봄에 꽃 필 무렵 내리는비 또는 제때에 아름답게 내리
　　　는 비를 형상화한 말

꽃샘바람 : 봄철 꽃 필 무렵 추위에 부는 바람

꽃세월 : 꽃처럼 아름답게 빛나는 세월

꽃수레 : 꽃으로 장식한 수레

꽃숭어리 : '꽃송아리' 의 큰말

꽃잎알 : 꽃이파리

꽃타래 : 꽃이 주저리주저리 피어 있음을 실타래에 비유한 말

나부춤 : 나비춤

나빌레라 : 나비와 같구나, 어여쁜 모습을 형용한 말

나실나실 : 부드럽게 흔들리는 모습

나울치는 : 물결치는

나토신 : 나타나신

나훌대다 : 바람에 날려 부드럽게 자주 흔들리는

난리통구리 : '난리 통'의 속어

날빗 : 태양빛

납월매 : 섣달 즉 부처님이 탄생한 음력 12월에 피는 매화

너울꽃 : 너울 쓴 꽃

너웃너웃거리는 : 너울거리는 모습

농울친다 : 물결치다

농익는 : 무르익는

높다라이 : '높다랗게'의 시적 표현

눈꽃 : 나뭇가지 따위에 꽃처럼 얹힌 눈이나 서리

뉘누리 : 물살의 옛말

느껍다 : 어떤 느낌이 사무치게 일어나다

늣거운 : 어떤 느낌이 가슴에 사무치게 일어나는

다라워진 : 모질고 인색해진

다순한 : 다정하고 따뜻한

다슷한 : 따뜻하고 정다운

달곡달곡 : 달그락달그락 소리를 내며

대명천지 : 환하게 밝은 세상

덧거친 : 난폭한, 매우 거친

덧잇는 : 무상(無常)치 아니한

도사리 : 잡풀, 바람에 떨어지는 과실

도처오르는 : 돋아오르는

돌처 : 돌아서, 돌이켜

드푸른 : 매우 푸르른

들렁이다 : 흔들리다

등걸잠 : 아무것도 덮지 않고 옷 입은 채로 아무 데나 쓰러져
　　　　자는 잠

땀몸 : 땀으로 흠뻑 젖은 몸

마뜩하게 : 알맞게

마음밭 : 마음을 밭으로 비유한 말

맘세 : 마음을 쓰는 됨됨이

매바삐 : 매우 바쁘게

매운터 : 모질고 한 많은 곳

매화바람 : 이른 봄의 추운 바람

맵찬 : 매섭게 차가운

머흐란 : 뭉게뭉게 일어나는

먹장가슴 : 근심 걱정으로 가득한 가슴을 비유한 말

명주햇살 : 명주실처럼 가느다란 햇빛줄기

모듬거리며 : 서로 어울려 나오는 상태

모듬어 : 안아

모람모람 : 옹기종기 조용히

모스러진 : 닳아서 무디어진

모슬이 : 모서리

모지라진 : 물건의 끝이 닳아서 없어진

목숨꽃 : 목숨의 꽃, 생명의 꽃

목숨대궁 : 목숨을 꽃대궁에 비유한 말

몬뜰래기 : 하나도 남김없이

몸불 : 온몸에 타는 불과 같이 고통스런 모습을 형상한 말

몽근 : 잘 정제된, 알찬

무놀 : 거친 파도

무늬살 : 무늬의 빛살

무람없이 : 스스럼없이, 버릇없이

무섬무섬 : 은근히 무섭게

무수리바람 : 사정없이 불어 대는 바람

묵근히 : 묵직하게

물꽃 : 물보라

물나울 : 파도

물마루 : 물결의 높은 데

물무지개 : 아름다운 무지개

물소용 : 물의 소용돌이

뭉틋는 : 물고 뜯는

미안닦음 : 미안한 마음을 갚는 인사치례

박꽃시간 : 박꽃이 피는 것같이 순수하고 소박한 시간을 형
　　　　　상한 말

반지라운 : 반들반들한

발핫케 : 빨갛게, 맑게

벙그는 : 소리 없이 벌어지는, 함초롬히 피어나는

별눈 : 별을 의인화한 감각적 표현

별떨기 : 별 무더기

별물이랑 : 별이 일렁이며 빛나는 것을 물이랑에 비유한 말

별밭 : 별이 찬란히 뜬 밤하늘

봄요한 : 봄빛 어린

봉머리 : 산봉우리

부룻난다 : 솟구쳐 오른다

부승기다 : 벌어져 틈이 있다

북살 : 저녁노을

불구렁 : 불구덩이

불꽃구름 : 불꽃 모양으로 빛이 구름에 드리워진 풍경

불꽃잔치 : 불꽃이 확 타오르는 모습을 잔치에 비유한 말

불노을 : 타는 듯 붉게 물든 노을

불비늘 : 거대한 불길

불빛잔치 : 성령 세례

불수레 : 태양, 해를 비유한 말

불숭어리 : 불덩어리를 꽃송이로 비유한 말

불안다 : 껴안다

불잉그럭 : 뜨거운 햇볕을 비유한 말

불잉글 : 이글이글 타는 불길

불콰한 : 매우 불그스름한 상태

비금차게 : 날아오르는 새처럼 힘차게

비사치는 : 은근히 비춰주는

비자니는 : 조용히 움직이는 모습 → 바자니다

빗발 : 빗줄기 또는 햇빛살

빛가루 : 빛이 반짝이는 가루

빛다발 : 빛살

빛무리 : 빛이 다발진 무리

빛뭉치 : 빛의 뭉치

빛슬픈 : 슬픈 빛이 어린 모습

빛여울 : 빛이 감돌아 굽이치는 여울

빨가장이 : '빨갛게' 를 강조한 말

뻥대 : 절벽 낭떠러지를 아래에서 올려다본 모습

뿌럭지 : 그루터기, 부스러기

사그리 : '모조리' 의 방언

사끌한 : 사납게 울어 대는

사랑옵게 : 사랑스럽게

사방간데 : 여러 군데

사운한 : 사뿐한

사풋사풋 : 살풋살풋 가벼이

삭글한 : 산뜻한, 깨끗한

산골창 : 산골짜기

산드란 : 산득한, 갑자기 서늘한 → 산드랗다

산뜰 : 산자락

산자드락 : '산자락' 의 시적 표현

살근히 : '살짝' 의 시적 표현

살냇물 : 시냇물살

살어둠 : 아주 깜깜하지 아니하게 엷게 깃들인 어둠

살틀이 : 사무치도록 열심히

삶가방 : 온갖 구속과 운명 조건으로 가득한 삶을 가방으로
        비유한 말

상그러운 : 상큼하고 향기로운 → 상그럽다

상글히 : 맑고 부드럽게

새엄 : 새싹

색바람 : 이른 가을에 부는 신선한 바람

생가슴 : 더없이 순정한 가슴

생금넝쿨 : 싱싱한 넝쿨

생금빛 : 혼탁하거나 혼합되지 않은, 순수하게 빛나는

생멸생멸 : 깜빡깜빡 나타났다가 사라지는 모습을 형용한 말

서글은 : '서글픈' 의 시적 표현

서덜 : 냇가나 강가의 돌자갈밭

설피한 : 실팍하지 못한

섬홀한 : 황홀한

섭쓸고 : 이리저리 휩쓸고

성그러운 : 천연스러운 태도로 부드럽게 눈웃음을 짓는, 고
            결하고 성스러운

세괏은 : 매우 기세가 거세고 날카로운

세월세월 : 세월을 반복하여 부사로 사용한 경우, 세월을 보
            내고

소금꽃 : 땀이 마르면서 남긴 염분

소랭한 : 차고 쓸쓸한

소롯길 : 작은 길

속가슴 : 마음 깊숙한 곳

속울음 : 겉으로 드러내지 않고 혼자 속으로 깊이 우는 울음

속품 : 속마음

손껼 : 손의 살결, 손길

손사래 : 어떤 말을 부인할 때 또는 조용하기를 요구할 때 손

을 펴서 휘젓는 모습

숫음치고 : 솟구치고

수지웁게 : '수줍게' 의 시적 표현

순애기 : 식물의 어린 싹을 말함

숲새 : 숲에 사는 새

스멀스멀 : 작은 벌레 따위가 살갗 위를 기는 것같이 근질근
　　　　질한 느낌이 드는 상태

슬픔주머니 : '슬픔으로 가득 찬 주머니' 의 비유적 표현

슬풋 : 슬며시, 살프시

슴배인 : 스며 배인

습습한 : 촉촉이 풍겨나는

시끌사끌 : '시끌시끌' 의 시적 표현

시나브로 : 모르는 사이에 조금씩, 하염없이 쓸쓸하게

시들픈 : 시들하면서도 고달픈

시르마음 : 눈 따위가 시린

시름진 : 시름 쌓인

신푸녕스러운 : 근심, 걱정이 너무 많아 자질구레한 일을 돌
　　　　아볼 마음의 여유가 없는

싹쓸바람 : 매우 거세게 부는 바람

쌈판 : '싸움판' 의 준말

써금써금한 : 썩어서 흐물어지는 듯한 모양

썰멍한 : 초라하고 외롭게 서 있는 모양

쏟뜨리다 : '쏟다' 의 강세 표현

쓰레한 : 쓸쓸한

씨알 : 씨와 알의 합성어, 생명의 핵심을 상징한 말

아긋아긋 : 은근하게

아드막하여라 : 아득히 멀어라

아련하게 : 희미하게

아롱아롱 : 점이나 줄이 솜솜하게 무늬를 이루고 있는 모양

아르대다 : 눈앞에 어른거리다

아름슬픈 : 아름답고 슬픈

아름한 : 아른거리는

아리아리 : 무엇이 아련하게 흔들리는 모습

아스무리 : '아슴프레한' 의 시적 표현

아슴아슴 : 기억에 똑똑히 떠오르지 않고 좀 느릿느릿하게

아심찬한 : 고마운, 감사한 마음이 훈훈한

아아라한 : 높이 솟아 있는, 아득하고 먼

아아한 : 산이나 큰 바위 같은 것이 아슬아슬하게 치솟은 모양

아우라지 : '함께 어울려라' 는 뜻

아픔밭 : '아픔이 자라는 밭' 으로 마음을 비유한 말

앙그러진 : 맺힌

앙버티는 : 힘들게 버티는

애살프시 : 매우 살며시

애시러운 : 애달프고 가슴 쓰린

애연한 : 애처롭게 아름다운

애오라지 : 오직, 오로지

애저린 : 애처롭고 간절한

애호운 : 사랑하는

앵두가슴 : 처녀의 예쁘고 달뜬 가슴

야멸차게 : 태도가 오달지고 차갑게

얄상한 : 얄팍한

어둠살 : '어둠의 두께'를 감각적으로 표현한 말

어둠운판 : 어둠과 운판(절에서 식사 시간 등을 알리기 위하
              여 치는, 구름 모양을 새긴 금속판)의 합성어

어둠푸름 : 푸르스름하면서 어두운

어듸바루 : 어디쯤

어즐은 : 어지러운, 매우 산만한

얼뿌리 : 정신이 살아 있는 뿌리

얼음고개 : 넘기 힘든 모습을 얼음과 고개로 형상한 말

얼음바늘 : 얼음처럼 차고 날카로운 바늘

얼음썩는 : 얼음같이 찬

얼음아픔 : 얼음처럼 차고 날카로운 아픔

여려한 : 여리고 예쁜

여름사랑 : 여름의 태양처럼 뜨거운 사랑

여릿여릿 : 천천히 움직이는 모습

여울치다 : 물살이 빠르고 세게 움직이는 모습

여직 : 아직, 미처 이르지 못한 것을 기다린다는 뜻

여흘여흘 : 감돌아 흐르는 물굽이를 표현한 의성 의태어

열꽃 : 열이 나는 모습을 꽃으로 비유한 말

예도느닌 : 여기저기 떠도는

예든 : 가던

오롱조롱 : 몸피 작은 여럿이 모양과 굵기가 각각 다른 꼴

오불고불 : 이리저리 고르지 않게 꼬부라진 모양

오솝소리 : 다소곳하게, 얌전히

올오롯이 : 가만히 오래 기다리고 있는 모양

와지락 : 왁자지껄

외로떼로 : 홀로거나 무리 짓거나 하며

요량 : 생각하여 헤아림

울력한다 : 힘을 합하여 기세 좋게 일한다

울음꽃 : 슬픔이 응결되어 꽃이 된 상태의 시적 표현

웅수리고 : 웅크려 숙이고

원통세월 : 원통함으로 점철된 세월

으긋이 : 은근하고 끈질기게

으릇함 : 외롭고 쓸쓸함

은산철벽 : 불교 선종의 말, 엄청난 장벽

은하동굴 : 블랙홀을 비유한 말

은하바다 : 은하수 바다

음삼한 : 음침하고 삭막한

음악의 수풀 : 음악 소리가 그윽이 흐르는 상태를 형상한 시
　　　　　　 적 표현

읍저리는 : 읊조리는

의초롭게 : 의롭고 다정하게

의희한 : 어렴풋이 희미한, 썩 그럴싸한

이륵이륵 : 이리저리 한꺼번에

이슥한 : 밤이 깊은

이엄이엄 : 잇고 이어서

이우는 : 기우는, 이지러지는

일렁흔들 : '일렁거리다' 와 '흔들거리다' 를 합성한 조어

자잔한 : 잘디잔, 작고 여린

잔조로운 : 잔잔하고 조용한

잠방거리다 : 새 따위가 물에 발을 담갔다 뺐다 하는 소리

잽씨빨니 : 재빠르게

잿뜨시 : '재빨리' 의 함경 방언

저녁답 : 저녁 무렵

저녁살 : 저녁 햇살, 노을

정가로운 : 맑고 정다운

정여울 : 정이 감돌거나 넘치는 모습

조마로운 : 마음이 안타깝고 간절한

조바슴 : 조바심

즈런즈런 : 천천히

지도는 : 험한 길에서 바위 따위에 등을 대고 돌아가는

진노을 : 짙은 노을

진진하다 : 끊임없이 솟아나듯 많다

쪽잠 : 짧은 틈을 타서 불편스럽게 자는 잠

천품한 : 하늘이 낸 듯한 기품이 있는

철길가슴 : 철길처럼 길게 이어진 마음을 철길로 비유한 말

츤츤한 : 칙칙한

칠흑절벽 : 전혀 앞을 볼 수 없는 절망적 상태

켜묵은 : 겹겹이 오래 된

큰악한 : 매우 큰, 크낙한

투술한 : 투박하고 우둘두툴한

티끌세상 : 속된 세상을 뜻하는 시적 표현

파도기둥 : 강풍 때 파도가 높이높이 솟아올라 기둥이 되는
　　　　　모습을 비유한 말

파도밭 : 물이랑이 넘실대는 바다를 밭으로 비유한 말

파도보래 : 파도가 일으키는 물보라

파름한 : 희끄무리하면서도 아주 엷게 파르스름한

퍼들쩍 : 물고기가 꼬리를 몹시 세차게 움직이는

퍼언히 : 아주 훤히, 막힘없이

포스근히 : 포근하고 아늑하게

포시럽게 : 보드랍고 따뜻하게

포실눈 : 함박눈

푸여나네 : '피어나는'의 시적 표현

풀잎바람 : 가볍게 살랑거리는 기분 좋은 바람

풋마음 : 풋풋하고 싱그러운 마음

풋물 : 봄철 새순이 오르는 풀물

풍등한 : 매우 넉넉한

풍양한 : 풍년이 들어 곡식이 꽉 여문

풍진세상 : 바람에 날리는 티끌, 세상의 속된 일

피로로운 : 매우 피곤한, 피로하여 마음이 무거운

피보라 : 피가 솟구치는 처참한 모습

피보래 : 피의 소용돌이

하늘골목 : 하늘로 열려 있는 길을 가리키는 시적 표현

하늘그물 : 하늘을 뚫어져라 바라보는 행위를 하늘에 그물이

쳐져서 거기에 시선이 붙잡힌 것으로 표현한 말

하늘문 : 하늘 속으로 통하는 문, 즉 우주의 비밀로 이어진
　　　　문을 형상한 말

하르르 : 무엇이 가볍게 날리는 모습

하릇한 : 허여스름한

하맑은 : 아주 맑은

함성보라 : 함성 소리가 바람을 타서 더 크게 들림

함함이 : 함치르르하게, 곱게 윤이 나게

해름참 : 해거름 때, 해 질 무렵

해바른 : 해가 잘 비치는

해살거리다 : 장난스럽게 일렁거리다

해설풋 : 해가 기울 무렵, 해설피

해아침 : 해가 훤히 뜨는 아침

해어름 : 해 질 녘

해으럼 : 저물녘, 해 질 무렵

해적해적 : 가볍게 살랑살랑

해정한 : 깨끗하고 맑은

해종일 : 하루 종일, 온종일

해질랑 : 해 질 시간 → 해뜰랑

햇빛신부 : 햇빛이 밝고 순결하게 빛나는 모습을 비유한 말,
　　　　여자가 햇빛을 받음으로써 막 결혼한 신부가 되
　　　　는 이미지를 형상한 말

햇살등지 : 햇살을 둥지로 비유한 말

햇씨 : 햇살, 햇빛을 씨앗으로 비유한 말

향미로움 : 향기롭고 감미롭다는 뜻의 시적 조어

향초로워라 : 향기로운 풀잎처럼 향기로워라

허랑한 : 하염없이 헤매는

허정이고 : 비틀거리고

호매론 : 호탕하고 인품이 뛰어난

호촐대다 : 가볍게 흔들어 대다

혼매한 : 어둡고 어리석어서 아무것도 모르는

혼비고향 : 몹시 놀란 모습

화살짓는 : 화살처럼 쏟아지는

화안히 : 환하게

화엄등불 : 깨달음이 충만한 등불

화엄세상 : 보람과 깨달음이 충만한 더할 나위 없이 아름다
　　　　　운 세상

화엄황혼 : 자연의 장엄한 아름다움을 화엄에 비유한 말

황진풍진 : 누런 먼지가 가득한 먼지바람, 고난과 시련을 상
　　　　　징하는 표현

황혼밭 : 황혼이 넓게 퍼져 내리는 모습을 밭으로 비유한 말

훗훗한 : 훈훈하고 포근한

휘능청 : 탄력성 있게 늘어진 모양

흐던하고 : 흐벅진, 넘치는

흐득이는 : 검게 짙은

흐므진 : 아주 익어서 무르익은

흐벅진 : 흐드러진

흥건나히 : 흥취가 나서 즐겁게

흥건히 : 물 같은 것이 잠기거나 괼 정도로 많게

흥그럽고 : 흐뭇하고 흥취가 나는

희나리 : 생장작, 채 마르지 않은 나무

희날고 : 휘휘 가볍게 날고 → 휘날다

흰세월 : 늙은 세월, 나이 든 모습을 비유한 말

힘스레 : 힘을 주어

시인 김효중

충남 부여 출생
서울대학교 문리과대학 국어국문학과 졸업
문학박사 현재 대구가톨릭대학교 명예교수
2009년 『시와시학』으로 시인 등단
시집 : 『시보다 아름다운 꽃 어디 있으랴』,
　　　『화살, 그리움을 쏘다』
저서 : 『새로운 번역의 패러다임』(학술원 우수도서) 외 다수

E-mail : glarakim70@hanmail.net

침묵의 돌이 천년을 노래한다

지은이 | 김효중
펴낸이 | 김재돈
펴낸곳 | 도서출판 시와시학
1판1쇄 | 2012년 9월 20일
1판2쇄 | 2013년 11월 25일
출판등록 | 2010년 8월 10일
등록번호 | 제2010-000036호
주소 | 서울 종로구 명륜동1가 42
전화 | 744-0110
FAX | 3672-2674

값 10,000원

ISBN 978-89-94889-42-9 03810